글벗시선 219 김지희 세 번째 시집

허공을 걷는 여자

김지희 지음

도서출판 글벗

시집을 출간하며

글 향기 따라 산으로 들로
오솔길 따라 계곡 골짜기
흐르는 물처럼 우리의
인생길이 흐르는 곳
글 향기는 진한 향수
향기만 나는 것이 아니더라.
짙은 냄새 연한 냄새
이끼로 뒤덮인 시냇물처럼
겉만 맑은 것이 아닌 굴곡도
함께라는 것 그 모든 것들이
글이 되고 시가 되어
기쁨과 슬픔이 함께하는 희로애락인 것
글을 쓰면서 많은 것을 배우고 또 배우며
인생도 함께 써본다.

2024년 10월
시인 김지희

차 례

제2부 가을 속으로

제3부 그냥 가는 길

제4부 우렁각시

■ 서평

제1부
반가운 소식

오해

진실은 밝혀질까
입으로 지은 구업
여럿이 오고 가는
수많은 마음 표현
글말의
가지가지 끝
넝쿨처럼 뻗는다

한 사람 칭칭 감고
동여맨 아픈 마음
버선목 뒤집듯이
뒤집어 볼 수 없네
찢어진
마음의 상처
씻을 수가 없어라

그리움(1)

너를 사랑했던 그곳엔
지금 무엇이 피었을까

바람 불고 비 오던 그곳에서
난 너와 이별했었지

그리움이 짙어갈 때면
그곳으로 떨어지던
배꽃들이 바닥에서 나뒹굴고
가을이 익어 갈 즈음

불어오던 삭풍도
세차게 휘몰아치던
빗줄기도 서러움에
지쳐 멈추었네

아직도
몸서리치게 온몸을 휘감고
자리 잡은 그 여운

기억 또한 지워지지
않지만 퍼즐처럼
맞추어진 그 조각들
흐려진 하늘 속으로
날려 보낼 수만 있다면

오월의 장미

붉은 꽃 넝쿨 장미
곱게도 늘어졌네
한 송이 손에 잡고
끌리는 나의 마음
야릇한 너의 수줍음
나의 설렘 뜨겁다

선홍빛 너의 모습
내 마음 빼앗겼네
우아한 너의 자태
내 마음 싱숭생숭
넌 역시 오월의 여왕
뜨거워라. 그 열정

완두콩 가족

어여쁜 줄기마다
조로롱 매달려서
알알이 영글어서
행복한 꿈을 꾸네
완두콩 다산 가족들
옹기종기 모였네

꽃향기 하나 가득
꽃나비 사랑받아
태어난 다산 가족
행복한 웃음 짓네
햇살은 사랑 빛으로
미소짓네. 살포시

꿈

바람이 분다
부는 바람에 휘날리는
찔레꽃 향기는
어디까지 길마중 나갈까

나를 흔드는 향기는
꽃 이파리 떨어질까
가녀린 몸으로
바람에 힘없이
향기 품지만
고요히 피어나서
그 자리 있건만

이는 바람에
속절없이 흔들린다
이름 없는 난
재명(才名)이 날 수가 있을까

꽃은 피어서 있건만
바람은 불어온다
흔들림에 온몸이 시려온다

옛 토담집엔

토담집엔 청국장
냄새가 난다
옛 향취에 엄마의
옷자락 냄새가 난다

씻지 못한 땀 냄새에
찌들어 있어도 언제나
분주한 엄마의 모습은 평화롭다

토담집엔
청국장 진한 향이
미소를 머금게 한다

산행

한발 한 발 내딛는다
처음 시작 참 힘차다
좁은 숲길을 가다 보면
수많은 이들의
스쳐 지나간 자리

반질반질 다져진 길
한참을 오르다 보니
인생의 길이 보인다

오르막 내리막 돌들이
쌓인 길 헉헉거리며
내딛는 걸음에는
삶의 굴곡처럼 땀나고 힘들다
다시 평온한 길이 펼쳐지고

때로는 시원한 하늬바람이
온몸을 씻겨주며 다시 힘을 실어
한발 한발 나아가도록 용기를 준다

일천 고지가 넘는 정상을 향하고
목적지까지 가면서 들고 온
간식거리들을 먹으며 잠시
쉬었다 가는 그 길은 우리가
살아온 인생길처럼 느껴진다

끝까지 완주하며 느끼는
그 뿌듯함은
참삶의 희열을 느끼게 한다
모든 것은 마음먹기 나름
일체유심조(一切唯心造)

나의 행복

새벽에 눈곱이
떨어지지 않는 눈으로
여왕도 공주도 아닌
무수리 같은 모습으로

뜨거운 태양이 만들어 놓은
영글어가는 작품들
밤새 내려앉은 새벽이슬에
멱 감고 싱그럽게 미소 짓는
소중한 결실들

앞다투어 여기저기
영글어가는 모습
빨갛게 피어나는 석류꽃
그 속에 어떤 보물들이 자라날까
기다려지는 가을날

지난날 모습처럼
예쁘게 피어나 만들어진

작품들

거칠어진 밭이랑
뽑아도 뽑아도
다시 일어나는
무성한 잡초처럼
다시 일어나 그 자리에
서 있는 나

소박하게 차려진 밥상에
연하게 내려진 아메리카노
한 잔의 미소가 잔잔하게 펼쳐진다

이것이 나의 모습
나의 행복인걸

그 자리

지나갔네
어디를 가도
그 자리는 기억소환
되는 자리

아직도 그 자리엔
내 마음이 남아있을까
애써 기억하는 건가

잊지 않으려고 애쓰는 건가
합리화 비 합리화
어떤 것이 맞는 말일까

아직도 그 마음이
그 자리에

가는 세월

흐렸던 젊은 날은
시커먼 구름 속 같은 날들

하나둘 내려놓은 그 길엔
찔레꽃 가시처럼

새하얀 눈물꽃 피어나
꽃바람 되어 흐르며
마른 가슴 삭이던 날들

피었다 지고
졌다가 피어나는
수많은 날
까맣게 어둡던 그 길엔
새하얀 향기 가득 피우리

빗소리

똑똑 똑
자꾸만 문 두드리는 소리
누굴까?
뛰어 나가본다.
반가운 그 임이 오셨다

어젯밤 심어놓은
국화가 목마르다고
한참 성화였는데
새벽부터 그 임이
달려오셨다

흘러간 시간

지나간 시간은
추억일까 그리움일까
잊었던 매 순간들이
새록새록
떠오르는 시간

추억 속에 잠겨진
시간은 세월의
강물 따라 흘러 흘러
여기까지 왔네

꽃 피고 새 울던
그때가 봄날이었던 가
추운 겨울날이
성큼성큼 다가와
발 앞에 머무른 지금

옷깃을 여미고 다독여진
지금은 아직도 여자가 되고 싶은
간절한 마음
모두가 추억이고 그리움이
흐르고 있다는 거

별과 달

한 켠에 묻어둔
별 하나
빛이 흐르는 밤이면
달 보고 괜스레
두 손 모아지는 그리움
그 별빛 찾은 밤이면
동서남북 눈길이
좇는다

행여나 그 별빛이
길을 잃고 헤매지 않을까
사방을 둘러보면
언제나 그러하듯
그 자리에

반짝이는 빛으로
응원한다
품속에 품고
잊혀 지지 않는 한
어둠 속은 늘 밝은 빛으로…

배롱꽃

배롱꽃이 하늘 담고 피어났네
내리는 빗소리에 깨어나
여리디여린 눈빛으로
바람을 맞아 하늘거리네

친구들은 아직도
꿈속을 걷고 있는데
첫째는 소리 없이 눈 비비고 일어나
한들거리며
세상 밖 구경하고 있네

어찌나 그 자태가 참 곱든지
하마터면 꺾을 뻔 했네
어쩌면 그리도 참 고운지
자태마저도 수줍은 여인의
치맛자락처럼 곱네

유월의 장마

가랑비인가 오는 비인가
가랑비가 내리네
보슬비가 내리네

그냥 그치네
햇살이 내리네
푹푹 찌는 더움
온몸에 열이 오르네

바람도 눅눅하네
볼이 발갛게 익을 듯
토마토 색 나기 전
그 모습이네

갑자기 바람과 비 내리치네
어머 고춧대가 넘어지려고
휘청거리네

줄을 자르고 이리 묶고 저리 묶어

바로 세운 뒤 하늘을 보네
운무가 내려앉는다

휩싸여진 하늘과 밭이랑
뿌옇게 시야를 가린 채
이렇게 유월의 장마가
시작되네

반가운 소식

새벽부터 요란스럽게 불러댄다
언젠가 집 앞 벚나무로 이사 온 까치

어느 날 둥지 속에 새끼들에게
먹이를 나르던 어미의 모습
아기새들이 많이 자랐네

삼 남매 세 마리가 창틀에 매달려
소식을 전해 주네

오늘 손님이 오시려나
어서 일어나라고 노래하네

참 똑똑하여라
오늘 반가운 친구들이
많이 온다고 했는데
참 예쁜 것들 …

허공을 걷는 여자

날마다 발밑에는 바닥이 없었다
어딘지 모르는 곳
허우적거리며 내디디고 있다

가시가 돋아난 길 위
돌멩이 가득한 길
그냥 허위허위 걸어간다

상처 된 말들이 귓전으로 들려온다
바람으로 떨쳐버린 채
애써 못 들은 척 걸어간다
무엇을 향하여 걸어가는 것인가

어떻게 저런 길을 걸어왔을까
허공을 밟듯 걸어오던 길

지금은 푸른 하늘이 보이기 시작한다
발아래 예쁘게 피어있는
아름다운 꽃들도 보이기 시작한다

아, 그러나 아직도 허공으로
걸어가는 여자

밀밭길 연가

밀알은 송글송글
영글어서 익어 가는데
옛 아픔과 서러움이
깃든 그곳은
지금도 밀알이 영글어갈까

너와 내가 걸었던 그 길엔
슬픈 추억이 흐르던 뚝 방
도랑에 봇물이 흐르고
풀벌레 울음 울던
슬픔이 깃든 그곳엔

아직도 그때의 그 모습들이
남아 있을까
십여 년이 흐르고 흘렀지만
주마등처럼 떠오를 때면
온몸에 전율이 흐른다

아직도 잊혀 지지 않는

지난 그 시간은
온몸이 갈기갈기 찢기어
걸레 조각처럼 너덜너덜해지지만
시간은 너무도
긴 시간 메꿔지지 않는
구멍 난 뚝방처럼 흐른다

사랑

사랑스러운
나의 예쁜 딸
어여쁜 미소
행복하여라

어느새 예쁘게 커서
시집갈 나이 되었네
아까워서 어찌 떠나보낼까
참 어여쁘다

나의 사랑 나의 딸

갈 곳이 없어

이렇게 많은 식구가
갈 곳 없어
길로 나왔는데

동지섣달 기나긴 밤
추운 것도 서러운데
겨울비는 하염없이

* 동지(冬至)섣달 : 음력으로 11월인 동짓달과 12월인 섣달을
             아울러 이르는 말

제2부

가을 속으로

벚꽃놀이

집 앞의 둑길에서
외출 길에

벚꽃놀이
봄날이 가기 전에

수레바퀴 같은 인생

흐른다. 그저 수레바퀴처럼
지나가는 바람 소리
새들의 지저귀는 소리
하늘에 비구름
철마다 지고 피는 꽃들
소소하게 일어나는
크고 작은 행복과 슬픔

수레바퀴처럼 돌아가는 인생사
그 속에는 희로애락
꽃 피고 새가 울면
예뻐라 탄성 내뱉고
소나기 내리면

파전에 동동주 생각에
괜스레 센티해져
커다란 우산 쓰고
동네 숲길도 걸어보고
그러다 어디서 안 좋은

연락받으면

세상사 근심 가득 어깨에 싣고
슬퍼하며 그렇게
둥글둥글 돌아가는
수레바퀴 같은 인생

가을 속으로

어스레한 달밤
풀숲에 들리는
애절한 귀뚜라미 소리
슬픈 그리움
눈물 되어 젖어 드네

가슴 속
숨어 있는 이름 하나
보름달 휘황한
밤하늘에
너의 모습 그려본다

너의 모습 뒤에 드리워진
작은 이슬방울
슬픔으로 밀려온다
언제나 그러하듯
가을날은
밀려가는 파도처럼
떨어지는 낙엽처럼

심금을 울린다

올가을도 그때처럼
가을은 슬픈 계절
여름이 가고
가을이 오면

붉게 물든 낙엽마다
그리움의 수를
놓아야 했던 아픔
흐르는 강물처럼
돌아오지 않을 너
너의 그리움으로

설렘

활짝 피어있는
봄길을 기다리니

난 네가 오는
그 길이 기다려져

가슴 콩닥콩닥
기다림에 설렌다

그리움(2)

세월아 멈춰라
아직도 그 자리 그 추억
머문 곳에 우뚝 서보고 싶다
봄꽃이 피고 지고
오월의 보리밭길 출렁이던
그 길에 서 있고 싶다
어디까지 와 있을까
어디로 가고 있을까
그 가을, 단풍이 곱게 물든 날
두 손 잡고 거닐던 그 길도
다시 한번 걸어보고 싶다
그곳에 함께하던 추억은
머무르는지
아련하게 떠오르는 길섶엔
작은 종달새도 노래 부르며 있겠지
추억은 이만큼 멀리 와 있는데
그곳엔 어떤 기다림이 머물고 있을까
그리움도 추억도
사랑이었던가

봄비

외출에서 늦은 귀가
엊그제 다녀가신 손님
또다시 오셨다

앞이 안 보이게 안개 낀 도로
와이퍼만 하염없이 움직인다
그래서 낮에는 온몸이 쑤셨나?

마당에 피어난 예쁜이들은
치맛자락 벗어버리고서
온몸을 이리저리 흔들며
조잘조잘 씻는다고
여념이 없다.

봄날은 손님맞이에
분주히 서두르네
앞집 뒷집 가로수 챙길 곳이
참도 많네

봄을 열며

봄이 오라 손짓하며
보슬비가 내려요
어머나 여기가 어딜까
속 내민 너의 얼굴
파란 미소 빛나네

해님 보며 찡긋 윙크하는 나
어느새 사춘기 소녀처럼
들뜬 마음 두근두근

홍조 띤 모습으로
입 열어 활짝 웃네

봄의 문이 열리네

종자와 시인 박물관에서

형형색색의 만물이 박물관에 생명을 불어넣고서
가는 곳마다 마음의 안식을 심어주는 곳이다
이웃집 아저씨 또는 아버지처럼
맘씨 좋은 관장님
팔에는 토시 머리엔 밀짚모자 발에는 긴 장화
그분의 일상 얼굴엔 인자하신 것 같으면서도
강한 포스를 담고 계신다
그분 말씀을 듣고 있으면 나 자신이
갑자기 배가 불러오고 힘이 불끈불끈
큰 부자가 된 느낌 참 평온을 주시는 그런 분
이곳에서 일박이일
오는 날부터 비님이 오기 시작하여
오늘까지 비는 계속 내리고 있다
밤새 빗소리 개구리 합창단들의 노랫소리 들린다
이곳이 지상낙원인가?

옆에서 살짝살짝 코를 고는 효숙 언니
코골이도 자장가 소리 참 고마운 언니다
차표 예매 기차역에까지 마중 나와서

함께 이곳까지 올 수 있도록 해준 언니
참 고맙다
행복한 일박이일 소중한 추억 한 자락이다
다음에 올 때까지 또 열심히
앞으로 나갈 것이다

춘래 초자생

봄이 오면
들풀은 피어나지만
가신 그분은
영원한 이별이네

남겨진 사진 속에
씁쓸한 미소만 남아

잊혀 지지 않는
그리움만 남아 있네

지는 꽃

봄날의 꽃은 피어서
향기에 가득 취하지만
그 향기 또한 추억으로
머물고
가슴에 쌓인 그리움의
잔여물들은 아직도
꿈틀꿈틀 용솟음치는데
봄날의 꽃들은 소리 없이
피었다가 봄비 내리는 날
바람 따라가 버리는 것을

농사

어머나 무너질까
참 많이 걱정했어

장맛비 바람에도
거뜬히 견뎠잖아

태풍도
견뎌내었지
우리 모두 잘 크자

민들레

어느 골목 아스팔트 사이에
방긋이 미소 짓는 너의 홍안
출근길에 너와의 눈인사 건넬 때마다
너는 예쁘게 미소 띠며 나를 반겼지만
나는 너를 보니 가슴이 저며 온다

우연으로 골목에서 만난
친구의 눈이 보이지 않게 활짝 웃는다
나에게 말했지. 저렇게 척박한 땅에서
참 예쁘기도 하다면서 굳이 보라고 손짓한다
해맑게 웃던 너는 저 꽃으로 피었니

한마디 말없이 너는 그냥 나에게
미소만 띠는구나!
오늘도 너의 그 눈 감긴 미소가
참 보고 싶고 그립다

가을 서정

하늘을 보니 가을 같아
높고 푸른 하늘이 참 곱다
깊고 푸른 호수같이 맑기도 하다
여름인가 싶었더니 어느새
가을이 온 듯하다
즐비하게 피어있는 살살이 꽃도
계절을 잊었나 봐
배시시 눈웃음 지으며
피어난 배롱나무꽃
무궁화도 피었네
세찬 비바람 속에도
꿋꿋이 피어난 꽃들
연지 찍고 곤지 찍고 분단장하며
벌 나비 기다리네
오물조물 입을 열어
바람에 살랑이네

개망초

누군가 말했다
개망초는 해방되던 해
가장 먼저 황무지에서 피어난 꽃이
개망초 또는 해방초였다고

개망초면 어때 척박한 땅에
하염없이 뿌리 내려 예쁘게만 피는데
힘든 시기 피어난 개망초는
누구의 혼이 내려앉아 피었을까

속내 가득 노랗게 품어있는
곪아 터진 가슴속에 애환들
아픔을 딛고 순박하게 피어난 들꽃
수줍디 수줍게 아픈 한 다 씻어버린 채
여리게 피어난 해방초

* 해방초 : 달맞이꽃

미련

검붉게 넘어가는 노을 속으로
밀려드는 파도처럼
가슴속이 일렁인다
지우려야 지울 수 없는
그리움 속으로
삭히지 않는 속앓이는 언제나
흐르고 또 흐른다

덜 익은 생감처럼
입안에 가득 고인
침샘은 쓰디쓴 감기약처럼 쓰다
수없는 날들이 흐르고 흐르지만
아직도 못다 한 미련이 남았을까

미움 증오 그리움 한꺼번에
밀려들 때 머릿속의 회로는
쉼 없이 감겼다 풀어졌다
풀리지 않는 수수께끼처럼
언제나 그 자리에 머문다

어른이 되고 보니
철없이 좋아했던 그 사랑
아직도 그 속에 갇혀서 나오지 못한
이 느낌 이제는
저 철썩이는 파도 따라
흘려보내 버리고 싶다

구절초

오솔길 굽이굽이 가녀린
몸짓으로 가을을 기다리는
소녀야 스치는 바람 소리
잠시 가을인가 싶어
눈을 돌린다

그만 힘주어 잡았던
너의 손이 풀어졌다

조금만 더 있다가
피어나지
때 이르게 피어나
그 서러움
어떻게 견디려나
가여운 소녀야

시밭

뙤약볕 화단에는
시집이 가득 놓여있다
예쁘게 쓰여 있는 글귀들이
빽빽하게 있다
언제 저 글들을 다 읽어 내려갈까

가지에 영근 산수화 그림
개울에 흐르는 수채화까지도
이쁜 글을 써 내려가고 있다
텃밭에 심은 농작물도
열심히 글을 써 내려가고 있다

책갈피 속에는 형형색색의
꽃들이 피어있고
구름 바람 벌 나비도
상념으로 젖어 드는 그리움까지도
멋진 글들로 쓰인 페이지
페이지 넘어간다

몇 권의 책을 읽어야 할지

친정

그리워 달려간 곳
찾아도 인척 없네
그곳엔 허물어진
공간의 어느 구석
어쩌랴 나의 아픔을
뜨거워진 속울음

흐르는 빈 마음엔
퉁하고 떨어지는
긴 한숨 품어낸들
어느 곳 마음 둘까
그리워 부르는 노래
보고 싶다 부모님

시냇물

초가을 잦은 비로
시냇물 강물 되어

쪼로롱 반주 소리
피아노 건반 소리

빛나는
민요의 화음
뒤죽박죽 흥 소리

추억 소환

차디찬 동지섣달
코끝은 시려오고
따뜻한 아랫목이
참으로 그리워라
코 닦던 코흘리개는
훌쩍훌쩍 컸다네

어릴 적 호호 불며
발개진 손등어리
추워도 깡충깡충
좋아서 놀던 시절
이제는 추억 속으로
소환되는 그리움

제3부

그냥 가는 길

꽃

찬서리 마다않고
피어난 꽃 한 송이
무엇이 궁금하여
누구를 기다리나
사랑이 피어났을까
가냘프다 그 향기

축 처져 생기 없이
빛 잃은 꽃의 향기
찬바람 서리 맞는
그 아픔 서러워라
날마다 임이 그리워
다시 피는 꽃이여

가을이 오는 소리

잠시 창가에 기대어 본다
먼 산 곳곳마다 꽃물을 들인
잎들은 예쁘다고 아름답다고
뽐내며 움츠린다

잡은 손 놓지 않으려고
애를 쓴다

쌀쌀함이 뼛속 깊이
파고드는 계절
가을아
너는 내 마음 아는 가

너를 만났을 때
넌 예쁜 촉으로
여린 몸짓으로 나에게 왔다

어느새 넌 붉은 옷 갈아입고서
예쁘다고 자랑한다

난 가슴이 아프단다
가을아 너를 보면
나를 보는 것 같이
애달프다

기둥

쏟아지는 낙숫물
어디서 들려오는
아버지 헛기침 소리
귓전에 들려오는
도리깨 두드리는 소리
분명 들렸는데 막걸리
휘저어 벌컥벌컥 들이키는 소리
카~
떨어진 고물 있나 두리번거리며
매달리는 냥이들의 소리, 환청인가

메말라가는 감성
흐느끼는 처마 밑 낙숫물 소리
어느새 허벅지로 떨어지는
별똥별 오늘 밤도
젖어 드는 기억소환 속으로
서투른 하모니카 입에 물고서
엄마가 섬 그늘에 굴 따러 가면
애절하지 않은 음률로 애써 슬픈 척

흐느껴 본다

떨어지는 꽃잎 떨어지는 낙엽
계절이 바뀌고 세월은 조용히
물 흐르듯 구름처럼 흘러가지만
되돌아오지 않는 저 강물처럼
잠시 망각 속으로 허우적거린다

기다림(1)

나의 목마름을 해소해 줄
당신을 기다립니다

뜨거운 태양이 나를 속박하고
온갖 불청객들이 내 몸을
갉아 먹어 아프게 해도
난 늘 그대만 기다립니다

애써 미소 지으며 기다립니다
내가 미소 지을 때 그대는
진정 나를 생각하는지
그저 웃을 수밖에 없는 내 모습에
가슴 아플 따름입니다

아파도 슬퍼도 활짝 피어난 내 모습
그래도 난 피어난 한 송이
예쁜 꽃이랍니다

목마름으로 당신을 기다립니다.

비아(非我)

흩어진 바람처럼
산산이 조각난 마음
잡을 수도
머물 수도 없는 뜬구름
눈에 담긴 저 많은 것들은
어디에다 두어야 할까

꽃별

밤사이 내려앉은 별꽃들
예쁜 꽃별 되어 피었네
근심 걱정하지 말고 살라고
밤마실 하러 내려와 앉았네
송이송이 알알이
향기 품고 피어나 기쁨을 주네
아기별 엄마별 아빠별
수많은 별꽃
삼천리 곳곳마다
꽃별이 되어 빛을 주네
가는 길목마다
길 문을 열어주네

소녀

필 때는 조용히
묵언으로 피었다가
스치는 바람에 잠시 흔들려보지만,
그 또한 바람이려니
피고 싶어 피는가?
때로는 나풀거리며 날아가는
나비도 부러워라
고이 와서 몸짓하며 비벼대지만
그 사랑도 잠시 스쳐 가는 것을
그 목마름에 허우적거려봐도
내리는 소나기에 흠뻑 적셔 봐도
그냥 멍울만 남기고 가네
한 송이로 피어나기 참 힘드네!

그냥 가는 길

가고 싶다고 가는 길이 아니다
오고 싶다고 올 수 있는 길이 아니다
그냥 갈 수밖에 없어서 가고 있는 길
가도 가도 끝없는 길
어디까지 왔을까
궁금하지만, 궁금증이 풀리지 않는 길
그냥 갈 수밖에
언젠가 그 길 끝에 도착하겠지
그 길이 태산(泰山)이다.
오르고 오르지만 너무나 가파르다
숨차게 달음박질하며 뛰어보지만
언제나 제자리에 서서 제자리걸음 하고 있다.
오늘도 내일도 또 걸어본다
저 끝이 있는 곳까지

앞마당 연주회

새벽부터 연주회가 시작된다
바람으로 꾸며진 나뭇가지는
지휘자가 되고 잔잔하게 퍼져가는
참새들의 합창이 시작된다
연이어 까치들도 합세하여
울려 퍼지는 노랫가락

배춧잎 상춧잎도 함께 하는
춤사위가 시작된다

엉금엉금 기어 나온 달팽이들
엉덩이춤 덩실거리고
꿈틀거리는 지렁이들
갈고닦은 실력으로
한바탕 춤을 춘다

뒤죽박죽 연주회는
벌 나비도 춤을 춘다

자연은 위대하다
봄 여름 가을 겨울 쉼 없이
연주회는 이어진다

폭염

꽃은 피고 싶어
안간힘을 쓰고
새는 즐겁게
노래 부르고 싶어
가지 사이마다
무대를 만들지만
칠월의 폭염은
대지를 태우고
농부의 피땀은
한숨 소리로 멍들게 한다
한철의 매미 소리
신나 외치지만
마음의 폭염도
뜨거워진다

기다림 (2)

초점 잃은 무표정
긴 여정으로 이어진
시간 속으로 빠져본다
언제까지나

꽃비

하늘에 비 내리고
꽃이 좋아 춤을 추네
해님도 방실방실 미소 지음
바람도 덩달아 살짝살짝
흔들며 덩실덩실~
봄이야, 봄이야 봄날은
꽃들의 계절
봄비는 꽃을 피우고
꽃은 봄비를 좋아하지
우리는 행복한 친구
우리는 고운 친구
예쁘게 꽃피우자
룰루~ 랄라 룰루랄라
신나게 신나게 예쁜 꽃 피우자

연정

고요한 밤하늘의
별빛은 반짝반짝
어느 곳 아무개의
집으로 하염없는
그 눈빛
슬픈 눈으로
하염없는 애달픔

지난날 못다 했던
수많은 이야기들
할 말이 많았는데
못 이룬 내 사랑아
그 사랑
못다 한 사연
그리워라 내 사랑

복(福)

한 해를 보낼 때도
복 많이 받으세요
새해를 시작할 때도
복 많이 받으세요
좋은 일을 할 때도
복 많이 받으세요
복福 복福 복福

무엇이 복일까?
아이가 아무 탈 없이
잘 자라주는 것도 복
가족의 만사성도 복
친구나 지인들의 행복도 복

누구나 한 번의 매서운
추위를 겪어 보지 않고서
어떻게 매서운 세상살이를 알까
추위도 겪어봐야 봄날의
진한 매화 향기도 취할 수 있듯이

복이란 닦고 만들고 향기를
품어낼 수 있어야
복이란 것이 오겠지
언제쯤일까?
복이란 그 말을
느낄 수 있을지

* 不是一番寒徹骨(부시일번한철골)
  추위가 한 번 뼈에 사무치지 않을 것 같으면
  爭得梅花撲鼻香(쟁득매화박비향)
  어찌 코를 찌르는 매화향기를 얻을 수 있으리오.
  – 중국 당나라 황벽(黃檗) 선사의 매화시(梅花詩) 중에서

꽃의 울음

피었다고 미소 짓던 얼굴에
커다란 발바닥으로 짓이겨진
몸뚱어리는 이미 찢겨
슬픔 가득 찬 몸으로 아파했다
다시 피워보겠다고
태양 앞에 고개 들고 바람으로
흔들흔들 꿀물 같은 단비로
다시 한번 일어서보니
아팠던 그 심장은 조금씩
콩닥거리며 뛰고 있다.
그 사랑으로 꽃피우고
결실 보았네

소나기

한바탕 소란으로
씻겨진 거리에는
나뭇잎 바람으로
사뿐히 춤을 추며
가을이 저만치 왔네
예쁜 새옷 입고서

우리는 타인

지난해 유난히 노란빛으로
해를 맞이하고 서 있던 너를
보러 갔네
너는 그 자리 미소 짓고 서 있지만
나는 네가 낯설었네
너를 그냥 물끄러미 바라보다가
돌아왔네
어설프게 미소 짓는 너에게서
슬픔을 엿보았네
마음이 무너져 내리고 아팠네
시린 마음 거두고 어설픈 미소로
너에게 인사하고 돌아서 왔네
너와 나는 타인이기에

일상

코끝에 땀방울 송골송골
맺혀있지만
살랑거리며 이는 바람
땀방울 훔치며 지나가네
그 바람이 얼마나 꿀잠을
부르던지
감나무 아래 작은 의자는
푹신한 가죽 소파보다
기분 좋은 벤치가 되어
나의 쉼터가 되어주네
골짜기 흐르는 물줄기는
작은 연못으로 졸졸 흘러내려
기분 좋은 하모니로 마음을 적셔준다.
달콤한 커피믹스 손에 들고
코끝으로 스치는 초가을의
바람 냄새 높고 푸른 구름 아래
잠자리 떼 비행하는 그 모습도
작은 나의 가슴에 심금을 울려주네!

가을

높고 파란 하늘이
눈으로 들어오네
마당 끝 배롱나무꽃이
배시시 웃고 있다.
가을이 왔나 보다

골목 어귀 논에는 벼들이 어느새
알알이 영글어
고개 숙일 준비로 여념이 없네
풍성해진 가을이라기보다
왠지 뜨거운 열기에 아파
몸서리치는 계절

등이 굽어진 오이는 허리 펴기 싫어
누렇게 늙어가고
옆집 냥이도 더운지
그늘 찾아 누워있네

가을이여

가지마다 내려앉은
소슬바람 이리저리 일렁인다.
가을바람 꽃잎에 앉아
자장가 부르고
구경나온 흰둥이 눈은
스르륵 감기어 고개 끄덕끄덕
콧등에 흐르던 땀방울도
어느새 뽀송뽀송 기분 좋은 오후
약간 흐려진 하늘도
솔잎 끝에 내려앉은 바람도
이리저리 흔들며 춤추는 댓잎도
잔잔한 미소를 머금게 한다.
가을이여~

제4부

사랑과 미움

우렁각시

벼 이삭 바람으로
사알랑 그네 타며
언제나 깨끗하게
노니는 우렁각시
논이랑 기어 다니며
그대 위해 청소 중

가을아

오늘도 가을비가 나를 재촉한다
저 길 끝에 서 있는 너를 향하여
나는 그 끝을 향하여 걸어가고 있다
그 길 끝이 어디일까

풀벌레 서럽게 떠들며 울어대지만
난 너처럼 따라 울 수도 없다
네가 울며 따라가는 가을 길엔
꽃들이 즐비하게 피었지만
난 그 꽃을 보고도 웃을 수가 없다

오늘따라 울어대는 너처럼 나도 한번
속 시원하게 울어보고 싶다
울고 싶다고 울 수 없는 나
어느새 뚜벅뚜벅 걸어온 길이 가을길이다

이 가을은 또 어떻게 걸어가지
그래도 걸어가야겠지.
등 넘어 가을바람도
길섶에 피어있는 꽃을 보면서 걸어간다

아기 수달

엄마는 어디 갔나?
아가는 혼자 남아
어딘지 모른 채로
엄마 찾아 나서네
고개만 갸우뚱하는
어린 수달 외로워

울어도 오지 않는
엄마를 기다리며
배고파 울부짖는
고아 된 아기 수달
찾아도 보이지 않고
난 어디에 사는가

기적소리

식지 않는 열정으로
아직도 가슴엔 불씨가
남아 있습니다

내게는 언제나 설렘으로
다가오는 사랑

가을비는 작은 창을 두드리며
마음을 일렁이게 하고
지붕 위 땡감은 그런 마음을
놀리기라도 하듯 툭툭 떨어집니다

아직도 그리운 임
온 마음에 가득하고 잔잔합니다

먹먹해진 마음을
낮에 보았던 키 작은 채송화가
기쁨으로 채워줍니다

노란 꽃 핑크빛 귀요미들의
일렁이는 모습에
입가에 미소를 머금게 합니다

오늘도 이렇게 적막을 깨고
멀리 기차는 기적을 울리며 멀어져 갑니다.

내 인생의 기차도 이렇게
말없이 흘러가고 있습니다

내 마음의 호수

가득 담긴 마음
푸른 호수에 잠겨 있다
가끔은 호수에 푹 빠져
폭풍우를 쏟아내고 싶다.

가을날에

구절초 향기 마음의
수양을 쌓게 하고
저 안에 들어있는 슬픔 품고서
가을바람 속으로 떠나가네
들판에 높이 솟은 수숫대는
하늘 높은 줄 모르고
허수아비처럼 그저
먼 하늘만 바라보네
무얼 그리도 그리워하는지
흘러가는 구름처럼
바람 부는 곳으로
정처 없이 떠도는 방랑자 되어
그리움의 끝으로
하염없이 하염없이

새벽으로 가는 길에

1박 2일의 행복

어릴 적 함께하던 동무들
일 년에 두 번 만남
아이들이 자라서 결혼할 때쯤이면
며칠 전부터
카톡방은 시끄럽게 떠들어댄다
어느 곳에 잘지 어느 곳에서
맛집 기행을 할 것인지
그러다가 시간이 되어 만나면
밤새워 꾸벅꾸벅 졸면서도
이야기 삼매경에 젖어든다
이 말을 해도 함박웃음
저 말을 해도 화통한 웃음
밤새 웃다가 새벽녘에 잠시 잠들어
코를 골며 새근거리며 잠이 든다

수도승

사찰의 목탁 소리 고요함을 깨우고
오가는 이 삼삼오오
두 손 모아 합장하고서
각자의 마음속에 간절함을
하나씩 하나씩 입술을 열고서
뿜어져 나온다

수도승의 요사채는
쥐 죽은 듯 고요하니
지저귀는 산새 소리 바람 소리
산사는 짙은 녹색을 띠고
단층 지의 연꽃은
세월을 닮아 곱게 익어간다

수도승의 사찰에는
조용한 염불 소리 낭랑하고
젊은 아낙네의 애절한 소원은
무슨 소망이 담긴 애원이었을까

오늘의 일기

지친 몸 편히 쉬려
나의 보금자리에 들어왔다
옆으로 돌아누워 시선이 멈춘 곳
으~~악
나는 하나도 안 반가웠는데
불청객이 나를 반기고 있었다.

네발의 갈퀴가 딱 버티고
판판한 벽에 딱 붙어서
나에게 까꿍 하며 곁눈질하고 있다
도대체 어디로 들어왔을까
궁금 또 궁금하다
어찌 보면 귀엽고
어찌 보면 징그러운데
입가에 미소가 드리워진다
다른 이들이 보면 징그럽겠지
이곳에 적응하며 살려면
그냥 웃으며 받아들여야 하겠지
간혹 뒤뜰 감나무에서 낙하하는 감

그냥 가을까지 잘 견디다 익은 홍시로
남을 것이지 톡 톡 떨어지며
나에게 놀라움을 준다

날마다 놀랄 일이 많다
안 보고 싶은 것
보고 싶은 꽃들
시골 생활 3개월 나에게
많은 경험을 준다.
이른 새벽 식물에 물을 주고
간혹 모기들한테 회식도 시켜주고
때론 벌레퇴치기에서
사채들도 치워야 하고
밥 달라고 조르는
양이들까지도 나의 일과로
참 빠듯하다

오늘 밤도 이렇게 하루가
적막 속으로 젖어 든다.

그리움(3)

석양길 접어들 때
하늘 위로 떼 지어
날아가는 철새처럼
늦가을 찬바람에
가랑잎 소리 없이
하늘로 날아간다

수심 짙을 때
길가에 떨어진 낙엽
발밑에서 한탄한다

소리 없는 눈물 지울 때
내 가슴에 노랗고 빨간
알록달록 선홍빛 물감으로
수채화를 그린다

멀리 떼 지어 날아가는 기러기 떼
찬 서리 맞을까 봐 바삐 날아가며
구름도 가고 달도 간다

그 흐름 속에
이렇게 빨리도 세월은 흐르니
그 속에 내 인생도 같이 떠나가니
언제나 가슴에 한을 키운다

부모 형제 떠나온 날이
덧없이 흐르건만
이 가을이 넘어가면
또 가슴 치며 통곡하겠지

사랑하며 그리워하며
가슴을 치지만
마음은 늘 당신과 함께 한다

그래도 이 가을이 가기 전에
당신이 평생 살아오면서
온갖 만 가지 근심 걱정 다 품는다

그래도 그 근심 보이지 않고
이렇게 세월 따라 당신도
떠나갈 채비를 하시는구려

세월이 흐르듯이

이 가을이 넘어가면
당신이 갈 길은 더욱더 빨라지겠지요

나는 이렇게 당신께 해드린 것이
너무도 없는데
무엇이 그리 바빠
세월을 견디지 못하고
떠날 준비부터 하시는지요

그래도 조금 더 버티시면
여한이 없을 것 같네요

부디부디 강건하게
맘 편히 버티시어
먼저 가신 분 몫까지 하시옵소서

늘 곁에 계실 줄 알았는데
이젠 먼 길 가시고 없으시기에
가슴이 아픕니다

패션쇼

우아한 몸짓으로
꽃피우려고
안간힘을 다하여 버티었네
찬 서리 찬바람 내리치는
소나기에도
꿋꿋하게 버티었네

나 아름다운 모습으로
우뚝 서기 위해
오늘 이 자리를 반짝반짝
빛나게 하였네

새하얀 미소 지으며
오롯이 피워냈네

하소연

사방으로 허공으로 소리쳐 본다
숨을 쉴 수 있다는 것이 신기하다
무엇을 쫓아서 가는 길인가
아무도 시키는 이 없다
그냥 가야 하는 길인가 싶어 달려본다

가도 가도 끝없는 길
그 끝이 벼랑이면 좋으련만
안 보이는 척 천 길 낭떠러지이면
눈 감아 뛰어볼 텐데
내 한 몸 쉴 곳이 어딘가
누가 눕지 말라고 말리는 것도 아닌데

바삐 바삐 뛰고 달리며 온 이곳
여태 제자리걸음에서 멈춰 있네
아 허공으로 뱉어본다.
그 마음을

슬픈 꽃 한 송이

시든 꽃 한 송이
어두운 맥박 소리
힘없는 하얀 미소
주르륵 흘러내리는
꽃 이파리 떨어진
별꽃이여

다시는
피지 않을 당신의 꽃
보고픈 소중한 꽃

당신은
세상에서 가장
아름다운 꽃이었습니다.

들꽃 향기

향기 따라 발길 머물던 곳
살살랑 바람결에 치맛자락
붙잡고 애교떨며 몸짓하는
너의 그 간드러진 몸짓에 반해 버렸네

너는 여름으로 가는 이 길에서
기쁨 가득 행복으로 맞이하는구나
그리움도 아픔도 잊게 해주는 너
미소를 건너 준 네가 있어
이 아침 행복하다

기다림(3)

소리 없는
기다림으로
피고 지고
그 자리 있습니다

다시 그대
언저리가 그리워서
피었습니다
나를 보러 오세요

천리향 꽃피는 날

한 모퉁이 몽우리 옹알이하듯
반짝반짝 눈알 굴리며
뾰족이 입 열어 방긋방긋
묘하게 향기 품어 바람결에
소식 전해보려 안간힘을 써본다

봄소식 전하고자 입 열며 웃어보지만
찬바람 찬 서리에 바들거리며
아직도 치맛자락 움켜쥔 채
찬바람에 입 맞추며 몸서리친다

봄 햇살에 춤추며 애써 웃음 짓지만
아직도 겨울바람 남아서 매섭기만 한데
너무 이른 봄날에 꽃피워보려
안간힘을 써본다
따뜻한 하늬바람을 기다리며

사랑과 미움

마음의 감옥을 만든이가
정녕 당신입니까
어쩌다 마음의 꽃밭을 가꾸던
꽃밭에 얼음꽃이 피었습니다

아름답던 그곳에 차디찬
얼음꽃이 피어 지금 소리 없이
태양 속으로 사라지고 있답니다

지금 내 마음에
소용돌이치고 있습니다
당신은 결국 밀려왔다
밀려가는 파도였나요

그 아름다운 꽃이
다시 필 수 있을까요
아니 피우고 싶습니다

흔적

어느 날 문득 거울을 본다
나의 자화상을 보게 되었다
늘 봄날인 줄만 알고 살았던 그 자리엔
실핏줄 도드라지게 드러난 가을 잎사귀처럼
푸석해진 살갗에는 핏빛 무뎌진다

붉으락푸르락 변해버린
모습에는 물들어가는 단풍처럼
아름다움보다 서러움이 뚝뚝 떨어지는
가을비처럼 초연해지는 그 마음

마음의 빗장을 걸어둔 지 오래인데
슬그머니 빗장이 열어지고
그 속으로 빗물이 젖어 들어
마치 기다렸다는 듯이 하염없이
밀려드는 빗줄기 굵은 소나기 되어 퍼붓는다

마음에 가두었던 검은 먹구름
때만 난 듯 쏟아져 내려 말끔히 씻어지고

다시 그 봄날처럼 꽃이 필 수 있을까?

흰 눈 내려앉은 머리엔
어느새 물감으로 색을 입히고
봄날처럼 파릇파릇 잎이 돋아나듯
그때의 모습으로
꽃을 피울 수 있을까?

우물

잔잔하게 마음 열고
편안하게 다듬어진
그 마음엔 파란 하늘 고이고
동그라미 그리던 이파리 하나
작은 파문을 만든다

할머니의 소원 비시던
맑은 정화수 한 그릇
먼 길 나간 아들 무사 귀환
빌고 빌던 우물가

키 크게 자라던 오래된 감나무
옛 그림자 드리워져
할머니 동지섣달 달콤한 간식
항아리 속에서 물들어가던 홍시
잔잔한 그 미소는
어디에도 보이질 않는다

포근하던 손길도 반겨주시며
열어주시던 사립문
기억 언저리에 맴돈다

커피 한 잔의 행복

적막이 흐르는 고요 속으로
살며시 당기는 커피 한 잔
진하고 달곰함으로
하루의 삶 속으로 덧칠한다
그 무엇보다 달곰함으로
목젖을 적셔주는 그 느낌
한잔의 차 속에 오만가지
다 떠오르는 생각들
친구 지인 엄마
바람 구름 빗소리 하늘
한꺼번에 떠오르게 하는
뜨거운 커피 한 잔
꿀맛보다 더 감미로운
커피 한잔의 행복
약간은 텁텁한 느낌이 들지만
이내 그 향기 속으로 빠져든다
짧은 시간 긴 행복으로
중독되어 간다.

희로애락의 인생을 담은 시의 향기

- 김지희 시집 『허공을 걷는 여자』

최 봉 희(시조시인, 평론가, 글벗 편집주간)

시인은 글 향기를 찾아서 산으로 들로 들어간다. 때로는 오솔길 따라 계곡 골짜기까지 찾아든다. 계곡을 바라보면서 흐르는 물처럼 우리의 인생길을 관망하면서 그에서 느끼는 향기를 시로 표현한다. 물론 시는 향기만 나는 것이 아니다. 이끼로 뒤덮인 시냇물처럼 겉만 맑은 것이 아니다. 굴곡도 함께 존재한다. 그 모든 것들이 글이 되고 시가 되어 기쁨과 슬픔이 함께하는 희로애락으로 표현한다. 바로 자연과 합일이 되는 물아일체의 경지다.

김지희 시인은 현재 울산광역시 울주군에 거주하는 시인이다. 『계간 글벗』 시조 부문 신인상을 수상하며 등단했다. 글벗문학회 정회원으로 활동하면서 첫 시집『슬픈 사랑 긴 그리움』, 두 번째 시집 『그냥 보고 싶습니다』에 이어 세 번째 시집 『허공을 걷는 여자』를 출간한다.

그의 시적 경향은 자아 및 생명에 대한 깊이 있는 사유와 성찰을 보인다. 다시 말해, 김지희 시인의 시 쓰기의 본질은 시적 영감을 자연으로부터 받는다. 물론 자연 사물에서 문학의 근원을 발견하려는 태도는 시인만의 생각은 아니다. 물아일체(物我一體)는 이미 선조들의 자연관에서도 쉽게 떠올릴 수 있고 많은 시인이 그에 대한 기법을 창작활동에 반영하고 있다. 기본적으로 자연과 문학은 친연성(親緣性)을 강조한다. 강호가도(江湖歌道)를 노래하는 수많은 시는 자연의 아름다움을 찬미하면서 자연을 통해 인간의 도덕을 드러내고 내면을 이야기하는 도구로 지금껏 활용해 왔다. 김지희 시인도 마찬가지다. 자연과 인간의 질서, 자연과 사회의 조화를 말할 때마다 시로 이야기하려고 한다.

새벽부터 연주회가 시작된다
바람으로 꾸며진 나뭇가지는
지휘자가 되고 잔잔하게 퍼져가는
참새들의 합창이 시작된다
연이어 까치들도 합세하여
울려 퍼지는 노랫가락

배춧잎 상춧잎도 함께 하는
춤사위가 시작된다

엉금엉금 기어 나온 달팽이들
엉덩이춤 덩실거리고
꿈틀거리는 지렁이들
갈고닦은 실력으로
한바탕 춤을 춘다

뒤죽박죽 연주회는
벌 나비도 춤을 춘다

자연은 위대하다
봄 여름 가을 겨울 쉼 없이
연주회는 이어진다
- 시 「앞마당 연주회」 전문

 시인의 자연 연주회는 연중 내내 계속됨을 말한다. 노래
하고 춤을 추는 모습을 통해서 의인화한 기법이다. 자연과
나, 객관적인 것과 주관적인 대상, 실질적인 물질세계와 정
신적 영역이 서로 어우러지고 분간이 가지 않을 정도로 하
나가 되는 삶, 그것은 작가가 추구하는 삶의 가치이자 기
쁨이다.

한발 한 발 내딛는다
처음 시작 참 힘차다
좁은 숲길을 가다 보면
수많은 이들의
스쳐 지나간 자리

반질반질 다져진 길
한참을 오르다 보니
인생의 길이 보인다

오르막 내리막
돌들이 쌓인 길 헉헉거리며
내딛는 걸음에는
삶의 굴곡처럼 땀나고 힘들다
다시 평온한 길이 펼쳐지고

때로는 시원한 하늬바람이
온몸을 씻겨주며 다시 힘을 실어
한발 한발 나아가도록 용기를 준다

일천 고지가 넘는 정상을 향하고
목적지까지 가면서
들고 온 간식거리들을 먹으며
잠시 쉬었다 가는 그 길은 우리가
살아온 인생길이다

끝까지 완주하며 느끼는
그 뿌듯함은
참삶의 희열을 느끼게 한다

모든 것은 마음먹기 나름
일체유심조(一切唯心造)
- 시 「산행」 전문

산행을 통해서 인생길의 깨달음을 얻는다. 좁은 길, 반질
반질 다져진 길, 오르막길, 내리막길, 돌길을 만난다. 때로
는 평온한 길도 만나고 하늬바람도 만나면 쉬어가는 길을

만난다. 자연의 길이 자신의 인생길임을 깨달으면서 모든 것이 마음먹기에 달렸음을 깨닫는다. 다시 말해 시인이 만나는 물아일체의 경지란 대상과 자신 사이에 분리나 경계가 없다. 그 대상에 완벽하게 '몰입'하는 참삶의 경지에 이른다.

어여쁜 줄기마다
조로롱 매달려서
알알이 영글어서
행복한 꿈을 꾸네
완두콩 다산 가족들
옹기종기 모였네

꽃향기 하나 가득
꽃나비 사랑받아
태어난 다산 가족
행복한 웃음 짓네
햇살은 사랑빛으로
미소짓네 살포시
- 시조 「완두콩 가족」 전문

요즘의 가정은 '핵가족'이다. 하지만 예전의 가정은 다산 가족이었다. 이 상황을 가족 간의 사랑으로 꽃향기로 꽃나비가 모여들고 마침내 가족은 사랑빛으로 누리는 행복한 삶의 모습을 그렸다. 완두콩에 비유한 가족은 행복한 가족으로 묘사한다. 다시 말해, 자연에서 나를 찾되 그 인생은 희로애락의 인생을 맛보는 삶이다.

새벽에 눈곱이
떨어지지 않는 눈으로
여왕도 공주도 아닌
무수리 같은 모습으로

뜨거운 태양이 만들어 놓은
영글어가는 작품들
밤새 내려앉은 새벽이슬에
멱 감고 싱그럽게 미소 짓는
소중한 결실들

앞다투어 여기저기
영글어가는 모습
빨갛게 피어나는 석류꽃
그 속에 어떤 보물들이 자라날까
기다려지는 가을날

지난날 모습처럼
예쁘게 피어나
만들어진 작품들

거칠어진 밭이랑
뽑아도 뽑아도
다시 일어나는

무성한 잡초처럼
다시 일어나 그 자리에
서 있는 나

소박하게 차려진 밥상에
연하게 내려진 아메리카노
한 잔의 미소가 잔잔하게 펼쳐진다

이것이 나의 모습
나의 행복인걸
- 시 「나의 행복」 전문

　화자는 석류꽃처럼 잡초처럼 살아가는 삶이지만 자연이 만들어낸 가을날의 소박한 모습에서 행복을 찾는다. 태양이 만들어 놓은 자연이라는 작품 속에서 싱그럽게 미소 짓는 것이다. 더욱이 영글어가는 석류꽃을 보면서 예술가나 작가가 작품에 온전히 몰두한다. 특별히 시간과 공간을 초월하는 경험을 행복이라는 작품으로 만드는 것은 물론 그 기쁨을 '행복'이라는 단어로 대체한다.
　또 다른 시를 만나보자. 또 다른 시 역시 시인의 기쁨을 표현한다. 그 행복은 자연과의 만남이다. 한 송이 국화가 임을 기다리다 마침내 반가운 임을 만난다.

똑똑 똑
자꾸만 문 두드리는 소리

누굴까?
뛰어 나가본다
반가운 그 임이 오셨다

어젯밤 심어놓은
국화가 목마르다고
한참 성화였는데
새벽부터 그 임이
달려오셨다
– 시 「빗소리」 전문

이러한 물아일체의 경지는 슬픔 속에서도 만날 수 있다.
사랑하는 이와의 이별을 떨어진 '별꽃'으로 비유하여 표현
한다. 사랑하는 이와의 마지막 이별 속에서 다시는 만날
수 없는 안타까움은 남아 있다, 하지만 시인의 가슴에 가
장 아름다운 꽃으로 남아 있다. 바로 '슬픈 꽃 한 송이'다.

시든 꽃 한 송이
어두운 맥박 소리
힘없는 하얀 미소
주르륵 흘러내리는
꽃 이파리 떨어진 별꽃이여

다시는
피지 않을 당신의 꽃
보고픈 소중한 꽃

당신은
세상에서 가장
아름다운 꽃이었습니다
- 시 「슬픈 꽃 한 송이」 전문

　이처럼 삶은 희로애락을 담은 시의 향기다. 산으로 들로 오솔길과 계곡을 따라 흐르는 글 향기는 물처럼 우리의 인생길에 흐른다. 글 향기는 진한 그리움의 향기만 나는 것이 아니라 짙은 내음의 기쁨과 분노, 강렬한 내음의 슬픔과 즐거움들이 흐른다. 작가의 말처럼 인생은 이끼로 뒤덮인 시냇물처럼 겉만 맑은 것이 아닌 굴곡도 함께한다. 그 모든 것들이 글이 되고 시가 되어 희로애락이 함께 한다. 그러면서 시인은 많은 것을 배우고 또 배운다. 마침내 인생의 아름다운 향기를 시로 써보는 것이다.
　이제 김지희 시인이 말한 희로애락(喜怒哀樂)의 순간을 그의 시 속에서 만나보자.
　첫 번째 그의 시에 나타난 삶의 향기는 기쁨(喜)이다. 그는 별꽃과 들꽃을 통해서 삶의 기쁨을 표현한다.

　　밤사이 내려앉은 별꽃들
　　예쁜 꽃별 되어 피었네
　　근심 걱정하지 말고 살라고
　　밤마실 하러 내려와 앉았네
　　송이송이 알알이

향기 품고 피어나 기쁨을 주네
아기별 엄마별 아빠별
수많은 별꽃
삼천리 곳곳마다
꽃별이 되어 빛을 주네
가는 길목마다
길 문을 열어주네
- 시 「꽃별」 전문

꽃별들이 지상에 내려와 앉아 별꽃이 된 기쁨을 묘사했다. 하늘의 수많은 꽃별이 지상에 내려와 별꽃을 이루니 온 누리가 기쁨으로 가득하다. 더욱이 가는 길목마다 인생의 길목을 열어주니 어이 아니 기쁘랴. 또한 들판에는 들꽃으로 만발해 있으니 그 향기는 사무치는 그리움도 서러운 아픔도 잊게 한다. 그뿐인가. 자연에 얻은 그 기쁨은 행복으로 연결된다.

향기 따라 발길 머물던 곳
살살랑 바람결에 치맛자락
붙잡고 애교떨며 몸짓하는
너의 그 간드러진 몸짓에 반해 버렸네

너는 여름으로 가는 이 길에서
기쁨 가득 행복으로 맞이한다.
그리움도 아픔도 잊게 해주는 너
미소를 건너 준 네가 있어

이 아침 행복하다
- 시 「들꽃 향기」 전문

　그러나 들꽃에게 얻은 행복은 얼마나 갈까? 그리 오래가
지 못한다. 들꽃에는 개망초도 있고 해방초도 있다. 우리나
라가 **빼**앗기는 국치일에 피어난 개망초가 있듯이 광복되던
날에 피어난 해방초다.

누군가 말했다
개망초는 해방되던 해
가장 먼저 황무지에서 피어난 꽃이
개망초 또는 해방초였다고

개망초면 어때 척박한 땅에
하염없이 뿌리 내려 예쁘게만 피는데
힘든 시기 피어난 개망초는
누구의 혼이 내려앉아 피었을까

속내 가득 노랗게 품어있는
곪아 터진 가슴속에 애환들
아픔을 딛고 순박하게 피어난 들꽃
수줍디 수줍게 아픈 한 다 씻어버린 채
여리게 피어난 해방초
- 시 「개망초」 전문

　나라를 망한 아픔을 간직한 '개망초'가 있듯이 나라를 다

시 찾은 날의 '해방초'가 있다. 해방초는 아픔을 극복하고 피어난 꽃이다. 바로 '달맞이꽃'을 말한다. 광복 이후에 전국의 밤 들판을 노랗게 물들이던 꽃이다.

둘째는 인생은 성냄(怒)을 담은 삶의 향기다. 살다 보면 눈을 감아야 할 때가 있고 귀를 막아야 할 때도 있다. 더욱이 입을 닫는 일은 결코 쉬운 일이 아니다. 시인은 입술로 전하는 미움의 말글보다는 사랑의 시를 써서 전해야 한다. 김지희 시인은 미움, 증오, 그리움을 한 편의 시로 날마다 치유하고 있다.

검붉게 넘어가는 노을 속으로
밀려드는 파도처럼
가슴속이 일렁인다
지우려야 지울 수 없는
그리움 속으로
삭히지 않는 속앓이는 언제나
흐르고 또 흐른다

덜 익은 생감처럼
입안에 가득 고인
침샘은 쓰디쓴 감기약처럼 쓰다
수없는 날들이 흐르고 흐르지만
아직도 못다 한 미련이 남았을까

미움 증오 그리움 한꺼번에
밀려들 때 머릿속의 회로는

쉼 없이 감겼다 풀어졌다
풀리지 않는 수수께끼처럼
언제나 그 자리에 머문다

어른이 되고 보니
철없이 좋아했던 그 사랑
아직도 그 속에 갇혀서 나오지 못한
이 느낌 이제는
저 철썩이는 파도 따라
흘려보내 버리고 싶다
– 시 「미련」 전문

 때로는 삶의 아픔은 감기약처럼 쓰다. 사랑도 있고 미움
도 있고 그리움도 있다. 미련으로 남아 있는 것이다. 그러
나 시인은 철썩이는 파도에 그 미움을 모두 흘려보내려 한
다. 아직도 마음속에 갇혀서 나오지 못하는 그 사랑의 마
음은 아픈 법이다.

피었다고 미소 짓던 얼굴에
커다란 발바닥으로 짓이겨진
몸뚱어리는 이미 찢겨
슬픔 가득 찬 몸으로 아파했다
다시 피워보겠다고
태양 앞에 고개 들고 바람으로
흔들흔들 꿀물 같은 단비로
다시 한번 일어서보니

아팠던 그 심장은 조금씩
콩닥거리며 뛰고 있다.
그 사랑으로 꽃피우고
결실 보았다
- 시 「꽃의 울음」 전문

  시인은 미움, 증오, 그리움으로 그 아픔을 '꽃의 울음'으
로 표현한다. 심장이 아프다. 그러나 사랑으로 이를 극복한
다. 그래서 아팠던 심장은 콩닥거리며 뛰더니 사랑의 꽃을
피운 것이다. 시인은 미움의 말글보다 사랑의 시를 통해
날마다 꽃 피는 삶의 정원을 꿈꾼다. 오늘도 시인은 시로
써 사람들의 가슴에 사랑의 씨앗을 심고 있다. 마치 꽃의
울음 속에 그의 밀알이 영글어가고 있듯이.

밀알은 송글송글
영글어서 익어 가는데
옛 아픔과 서러움이
깃든 그곳은
지금도 밀알이 영글어갈까

너와 내가 걸었던 그 길엔
슬픈 추억이 흐르던 뚝방
도랑에 봇물이 흐르고
풀벌레 울음 울던
슬픔이 깃든 그곳엔

아직도 그때의 그 모습들이
남아 있을까
십여 년이 흐르고 흘렀지만
주마등처럼 떠오를 때면
온몸에 전율이 흐른다

아직도 잊혀 지지 않는
지난 그 시간은
온몸이 갈기갈기 찢기어
걸레 조각처럼 너덜너덜해지지만
시간은 너무도
긴 시간 메꿔지지 않는
구멍 난 뚝방처럼 흐른다
- 시 「밑밭길 연가」 전문

 슬픔이 있던 삶의 현장에서 아픔과 그리움은 추억처럼 흘러간다. 추억은 걸레 조각처럼 너덜너덜하다. 하지만 시간은 구멍 난 뚝방을 흘러간다. 마치 수레바퀴처럼 그렇게 시간은 흐른다.
 셋째, 김지희 시인의 시에 그리는 인생은 슬픈 향기를 머금는다. 흐르던 뚝방의 추억을 더듬으면서 긴 시간 흘렀지만, 아직도 그 아픔을 잊을 수가 없다. 그 때문일까? 시인은 시간의 흐름에 맡기고 있다. 그의 삶에 슬픔과 서글픔이 자리하지만 시 창작활동을 통해 그 아픔을 치유하는 것은 아닐까?

흐른다. 그저 수레바퀴처럼
지나가는 바람 소리
새들의 지저귀는 소리
하늘에 비구름
철마다 지고 피는 꽃들
소소하게 일어나는
크고 작은 행복과 슬픔

수레바퀴처럼 돌아가는 인생사
그 속에는 희로애락
꽃 피고 새가 울면
예뻐라 탄성 내뱉고
소나기 내리면

파전에 동동주 생각에
괜스레 센티해져
커다란 우산 쓰고
동네 숲길도 걸어보고
그러다 어디서 안 좋은
연락을 받으면

세상사 근심 가득 어깨에 싣고
슬퍼하며 그렇게
둥글둥글 돌아가는
수레바퀴 같은 인생
– 시 「수레바퀴 인생」전문
인생은 수레바퀴 인생처럼 기쁨과 성냄, 그리고 슬픔, 그리고 즐거움으로 이어져서 행복을 경험한다.

사랑스러운
나의 예쁜 딸
어여쁜 미소
행복하여라

어느새 예쁘게 커서
시집갈 나이 되었네
아까워서 어찌 떠나보낼까
참 어여쁘다

나의 사랑 나의 딸
— 시 「사랑」 전문

헤르만 헤세(Hermann Karl Hesse)가 말한다.
"사랑을 받는 것은 행복이 아니다. 사랑하는 것이 행복이다."
시인은 사랑하게 되면 꽃이 핀다고 말한다. 바로 그리움
의 꽃이 핀다고 말한다.

너를 사랑했던 그곳엔
지금 무엇이 피었을까

바람 불고 비 오던 그곳에서
난 너와 이별했었지

그리움이 짙어갈 때면
그곳으로 떨어지던
배꽃들이 바닥에서 나뒹굴고
가을이 익어 갈 즈음

불어오던 삭풍도
세차게 휘몰아치던
빗줄기도 서러움에
지쳐 멈추었네

아직도
몸서리치게 온몸을 휘감고
자리 잡은 그 여운

기억 또한 지워지지
않지만 퍼즐처럼
맞추어진 그 조각들
흐려진 하늘 속으로
날려 보낼 수만 있다면
– 시 「그리움(1)」 전문

톨스토이는 이렇게 말한다.

"사랑은 사람을 행복하게 한다. 왜냐하면 사랑은 인간과 신을 맺어주기 때문이다."

사랑 그것은 본질의 발현이다. 사랑에는 시간이 없다. 사랑은 오직 현재, 바로 지금, 시시각각으로 표현하고 있다.

그래서 시인은 세월을 향해 '멈추라!'고 명령한다. 아직도 그 사랑의 추억이 머문 자리에 머물고 싶은 것이다. 지난 날, 어느 가을날에 사랑하는 이와 함께 걸었던 그 추억을 되새김하는 것이다.

세월아 멈춰라
아직도 그 자리 그 추억
머문 곳에 우뚝 서보고 싶다
봄꽃이 피고 지고
오월의 보리밭길 출렁이던
그 길에 서 있고 싶다
어디까지 와 있을까
어디로 가고 있을까
그 가을, 단풍이 곱게 물든 날
두 손 잡고 거닐던 그 길도
다시 한번 걸어보고 싶다
그곳에 함께하던 추억은
머무르는지
아련하게 떠오르는 길섶엔
작은 종달새도 노래 부르며 있겠지
추억은 이만큼 멀리 와 있는데
그곳엔 어떤 기다림이 머물고 있을까
그리움도 추억도
사랑이었던가
- 시 「그리움(2)」 전문

작은 종달새가 노래 부르며 머물던 그 공간은 그 추억은 이만큼 멀리 와 있다. 그곳에 기다림이 있고 그리움도 추억도 있다. 바로 그것이 사랑이다. 마침내 사랑은 꽃으로 피어난다.

> 찬 서리 마다 않고 피어난 꽃 한 송이
> 무엇이 궁금하여 누구를 기다리나
> 사랑이 피어났을까 가냘프다 그 향기
>
> 축 처져 생기 없이 빛 잃은 꽃의 향기
> 찬바람 서리 맞는 그 아픔 서러워라
> 날마다 임이 그리워 다시 피는 꽃이여
> - 시조 「꽃」 전문

그렇다면 마음에 피어나는 사랑의 꽃은 어떤 색깔일까? 분홍 꽃일까? 노란 꽃일까? 아니면 빨간 꽃일까? 피었다가 지고 또다시 피어난다. 피었다가 지는 사랑의 꽃은 앞에서 언급했던 것처럼 그리움을 남긴다. 그리움은 사랑이 낳은 영원한 꽃인 셈이다.

> 필 때는 조용히
> 묵언으로 피었다가
> 스치는 바람에 잠시 흔들려보지만,
> 그 또한 바람이려니

피고 싶어 피는가
때로는 나풀거리며 날아가는
나비도 부러워라
고이 와서 몸짓하며 비벼대지만
그 사랑도 잠시 스쳐 가는 것을
그 목마름에 허우적거려봐도
내리는 소나기에 흠뻑 적셔 봐도
그냥 멍울만 남기고 가네
한 송이로 피어나기 참 힘드네
– 시 「소녀」 전문

사랑꽃은 문득문득 웃음꽃을 만들고 눈물꽃도 만든다. 후회와 미련이 만드는 인연의 꽃은 필 때도 있고 질 때도 있는 법이다. 이것은 운명의 굴레다. 그냥 꽃이 피지 못하고 그냥 멍울만 남기고 가는 꽃도 있다. 누구나 마지막 숨을 쉬는 순간까지 그리움을 품고 죽음의 순간에도 애절한 꽃으로 피어나길 소망한다. 그러나 한 송이 꽃으로 피어나기 참으로 힘들다.

흐렸던 젊은 날은
시커먼 구름 속 같은 날들
하나둘 내려놓은 그 길엔
찔레꽃 가시처럼

새하얀 눈물꽃 피어나
꽃바람 되어 흐르며

마른 가슴 삭이던 날들

피었다 지고
졌다가 피어나는
수많은 날
까맣게 어둡던 그 길엔
새하얀 향기 가득 피우리
- 시 「가는 세월」 전문

  우리는 사랑하는 사람에게는 꽃을 선물한다. 고백할 때도, 기념일에도 꽃을 건넨다. 사랑하는 사람이 세상을 떠난 뒤에도 그의 영전에, 무덤에 꽃을 바친다. 따라서 꽃은 사랑하는 마음을 대변하는 징표다. 신화에서도 꽃과 사랑은 실과 바늘처럼 붙어 다닌다. 다시 말해 사랑은 꽃과 동의어다. 사랑은 꽃으로 남아 그리움을 추억한다. 그런 의미에서 시인에게 꽃은 사랑이며 시(詩)다. 오늘도 시인은 희로애락의 인생을 담아 사랑의 꽃을 피우고자 힘써 노력한다.
  김지희 시인의 사랑꽃의 향기는 오늘도 번져간다. 기쁨과 성냄, 슬픔과 즐거움은 마치 피고 지는 꽃처럼 영원한 꽃인 셈이다. 오늘도 내일도 계속되는 일이기 때문이다.
  끝으로 한 줄의 시에 인생의 향기가 담긴 김지희 시인을 응원한다. 더불어 희로애락의 인생을 담은 김지희 시인의 향기가 온 누리에 가득하길 소망한다.

■ 글벗시선 219 김지희 세 번째 시집

허공을 걷는 여자

인 쇄 일 2024년 10월 21일
발 행 일 2024년 10월 21일
지 은 이 김 지 희
펴 낸 이 한 주 희
펴 낸 곳 도서출판 글벗
출판등록 2007. 10. 29(제406-2007-100호)
주   소 경기도 파주시 와석순환로 16,(야당동)
          롯데캐슬파크타운 905동 1104호
홈페이지 https://cafe.daum.net/geulbutsarang
E-mail pajuhumanbook@hanmail.net
전화번호 031-957-1461
팩   스 031-957-7319
가   격 12,000원
I S B N 978-89-6533-289-3 04810